半輪の太陽

朱濤
Zhu Tao

竹内新 訳

思潮社

半輪の太陽　朱濤詩集

竹内新訳

思潮社

目次

I

III

装幀＝思潮社装幀室

半輪の太陽

朱濤詩集

I

エマーソンって誰

エマーソンは素晴らしかった　昨夜とても素晴らしかったと
彼女たちが私を誉めたとき　とてもそうとは
思えなかった　春風が顔をかすめてゆくと
彼女たちの　髪は緑に眼は緑に
唇は緑に胸は緑に
腰の部分およびそれより下も緑になった　私の顔は
刷毛でちょっと塗られて紫色になった　遊んでいた者は
花を折った　野菜を盗み　塀を壊し　堤を崩し　スズメバチの巣を突いた
果ては　百年の大木の根を引っこ抜いた
少女は　無邪気さが素晴らしかった　君たちは素晴らしかった

心筋梗塞を食い止めたよ
君たちは天然の救心丸だよ
私は今　広げたばかりの翼を　爪先を
樽のテラスに留まらせた
君たちはとても素晴らしい　エマーソンって誰
私にだって分からない

2014.7.19 広州

錦を着て夜を行く

皺だらけのシーツが　昨夜の残していった人体を
雨上がりの陽に晒している
樹はペンキを塗ったばかり
草刈り機の鋭利な刃がよぎった青草は　精子のように強烈
物干し用ロープは力なく縛りつけられ
箒は手持ちぶさた　正午の鳥は
今にも花咲きそうな処女たちの胸が開くよう　促そうと
気持ちを奮い立たせて　枝に跳び乗り待っているらしい
空は　今にも花咲きそうな処女たちの胸を　開け放つよう促すのが
少しばかり堪えきれなくなり　また暗くなってきた

2014.7.23 早朝 広州

水は間もなく沸く

まさしく硫黄の天気だ
火薬はあたり一面に跳びはねる
彼はこっそり力を込め　指を引き金にかける

彼女の心は今にも跳び出そうとしている
鉄板の皮膚はあふれる涙で膨れている
彼女はクックックックッと鳴いて
今にも身体全体が沸き立とうとしている

水は間もなく沸く

もうすぐ夏全体が沸き立ち
重い鉄板の屋根をめくり取るだろう
弾丸が飛んだ
通行許可証送付の車輪が形になる前に飛んだ

2014.8.2 七夕 広州

弧度《ラジアン》

深夜に雷雨になり　それよりもっと深い轍が
ぬかるみをしっかり支えている　痛みは
如何に包帯されるべきかを忘れ　それが彼女たちを
興奮させる　揺れ動く羊の群れは　身辺の
落葉が好きになるらしいが　遥かな大海にある結晶は
真っ白な塩なのではない

正にそれらの低位の弧度が
鞭を形成し
虹色の空へ振り回されているのだ

2014.8.25 南寧行きの機上

己をもたげて行く

組詩

1　石鹼の心

私には石鹼の心があり
水を加えて　そっと吹いてやれば
泡が天空へ飛んでゆける

陽の光のもとではいよいよ薄く
夢のよう幻のよう

子供はそれが好きだ　五分間だけの幼年時代だと

分かってはいないけれども

2　壁に耳あり

彼らは屍のように身を横たえ
緑の光を放つ
汽車が毎夜十時に
鋭い響きを引っぱって通り過ぎるのを　待つ

そのとき　ビルには限なく灯りが点り
星がきらめき
竹のベッドが　ぎしぎし鳴り
炎が躍り　責め苦を
バチバチつぶさに受けている

たちまち静まり返る
どの隣室にも耳たちが住む

3　カルシウム錠剤は　一錠から二、三錠に増える

齢《よわい》四十を越えて　昼は短く夜は長く
心虚ろに
夜中には手探り小便で　躓くのではないかと心配になる
何度も起き上がる　茶を飲む　汗をかく　団扇であおぐ
ずっと　ぼんやりしたまま小走り
南方はより南方に　北方はもっと北方に
己をますます軽く見る
昼はいよいよ長く　夜はいよいよ短い

カルシウム錠剤は　一錠から二、三錠に増える

4　初めから止せばよかったのに

昨夜またしても寝違える　やって来たばかりの隣人が憎たらしい
彼は蜜蜂三匹　二匹のシロガシラ

枝に留まらせたオナガ
そして　一日中ドア口で狂い吠える黒い犬を飼っている
それに　彼は禿げていて　私の最も嫌う髪型にセットしている
ここ数年　私がひっきりなしに引っ越し　部屋を交換し　枕を選んだのは
頭をもうこれ以上低くできない低さに置くだけの為だ

彼女たちはみんな私を馬鹿にして笑う
「こうなると　早くから分かっていたなら　初めから止せばよかったのに」

5　隠語

私の耳は水浸しになり　はっきり聴き取れない
蜜蜂がブンブン音を立てる　アリが助け船を出してくれたが
敷居が高すぎるので　鍵と暗証番号を差し出してくる
私の家にはわずか四カ所の壁　そこにかかる私の黄ばんだ影が写真を覆う
その上　私には事務室がなく　たとえ引き出しがあっても
ホコリが分厚く積もっている

私は一年中車輪の上に居るが
何を残すか　散らかって衰弱した器官は
焼け焦げた尻尾半分
耳には水が入り　大脳まで浸み込み
猛虎たちに気ままに切り裂かせるより他ない

「ほら空っぽだよ　これっぽっちの証拠もない
死ぬのだ　硬くなった屍よ」

彼らはもともと天使だ
私は終に神の隠語と向き合うのだ

2014.8.3 明け方 広州

上海を離れる　組詩

1　静安寺

かつて腹這いだったものが
みな立ち上がっていた　ビルから見下ろせば
彼女の眠りはとても軽く　ホコリたちの
ちょっとした驚きを支え切れなかった
彼女はスリムだった　昨日の姿形が忘れられない

2　百楽門

無駄に一晩を過ごしたが　私は予定より早く到着した

旅人の朝は混雑で変形してしまったが
幌付きトラックのなかの魚が　私を慰めた
「苦楽を共にする」（荘子・太宗師）のだそうだ
あらゆることに例外はない　真昼に
夜の衣服を着てうたた寝をした

3　一本足で立つ

彼女が椅子から離れて一本足で立つのを　見ていた
私は病気が半分回復した　かつては三本足が
旅立っていった　携帯食品を携え　全身の炎が
ゆるんだ人心と根の部分の両替をし
面倒を起こした　鋸が
ドラマティックなキスの後に
私の身体のなかに花開いた

4　潔癖症者の片隅

手が袖を空にするまで何度も
黒雲を拭き取った　稲妻が我慢強いのも
わずか三秒だった　有限によって無辺を迎えても
新婚初夜のベッドは見つからなかった　濃霧は果てしなく
処女は象徴の針が最後の一撃を
見舞うのを待った　白い紙は真っ白だった

5　川砂を越えて

葦の沼を越えたら
身体のなかの蝶結びがほどけた
灰色バトの群れが　ばかでかい旅行カバンを引きずり
はやる心で　今まさに飛び立とうとしていた

2014.8.7 浦東飛行場

日常茶飯の豪雨抒情

馬の蹄が雨粒のように突っ走る　勢いよく湧き出る小鹿が
駅の黒々と連なる柵を前に　立ち往生してしまう

体内の渦は揺り動かされ　暗礁に当たって砕け
その波しぶきは　不眠の目と　カビの斑に生えたアスファルト路面とに
引き返して二層のぬかるみを形成する

土砂が沈殿した下水道は　流れの床を愉快そうに高くして
日頃の廃棄物である電池、鉄、ガムなどの
呑み込み難いゴミを

空よりわずか一センチメートル低いところへ
差し上げて支える

何も頼れるもののない顔は　ほとんどが浮腫んでいて
漂ってくる残骸を　正面から見積もることができない

ホウセンカの種の数個だけが　コンドームスキンを頭にかぶって
濡れ鼠のように泳いでいる　トノサマガエルさながらの格好だ

ガマにも似て　鎮痛剤服用の放送のなかで
空気を入れ換え　百年巡り会うことのない水の泡は
長い堤に次々と群がり
見物する厚化粧のシャコを魅了する

2014.8.13 広州西朗

春を虚構する

少年は春を知らず
その様子を
兄嫁に訊いたら
彼女はすっくと伸びた春の筍を手渡してくれた
どこまで脱いでも終わりにならない衣服が
とびきり熱い心を幾重にも包み込んでいた
その後　ひたすら読書に没頭する妹に訊いたら
灯下の彼女は
いよいよ広い湖面をめくり上げ
柳の綿毛が

ブランコをこぐオシドリたちを驚かせ　飛び立たせた

夜中に目を覚ますことはなかった
血を吸う二匹の蚊は　殺人事件の罪を負うのを恐れて
彼を力一杯　くりかえし押したが
とうとう一計を案じ
「橋が壊れて通れないぞ」と言った
彼はとたんに目を覚ました
「彼女たちはどこ？」

稲妻合唱団

稲妻合唱団は
キーを押し違えて
予定より早く東莞駅で
下車した

ガラゴロ鳴る音符は
一瞬深く響き
一瞬浅く響き
色鮮やかな美しい車列を溶接し
避雷針は頭髪の喪失を嘆き悲しんだ

午後を泣き通した駐車場は
電柱を抱きしめていた　鍛錬と経験に鍛え抜かれた鉄だった
彼女たちは昨日の幸せに耽溺していたので
自力ではそこから抜け出せないでいた

きらりと光るナイフが
音に迎合する黒ずんだ傷口を照らし出した
一切は一瞬のこと　一切は偶然のことだった

2014.9.5 東莞

己の影を喰う

己の影を喰うことに満足して
彼は手綱を病院につないでいる

深く掘れば掘るほどに
いよいよ己を高く挙げる
地底を走り抜ける石炭ランプの
声なき腫物のかたまりには
草木の低い鬨の声が繰り返し集まってくる

しくしく泣きは

ハンマーを溶かすのに充分だ
樹の股でペチャクチャしゃべる嵐は余裕で捕まえられる

彼の時間には限りがある
彼の馬は不思議だ
駆け回ることが一生の仕事なのに
何のために　荒れ果てたヨガ庭園に停まっているのか

平穏の力は
深淵に落ちる大瀑布のように
大地丸ごとの　真っ暗な心拍音を聴き分けることができるのだ

2014.10.24 早朝 広州

II

吹き荒れる顔

子供たちは雪野原で跳ね回り
紅い独楽のように
雪の玉と
追っかけっこ
し合って
いつまでも疲れを知らない

彼はそっと葉っぱに蓋をして
その口に叫びを与えない
その響きが　ぬかるみと共に

腰まで深い雪に　とび跳ねないように

暗黒の慈悲深さには
蜂の巣のような仮面を付けてやる
子供たちを驚かせ怯えさせることなど不要だ

彼の黄昏のポケットには　音がいっぱい詰まっている
笑い声　泣き声
流れる水の音　爆竹の音
弾丸の風を切る音
静まりかえって何も響かない音

どこへ吹いてゆくのか
それは彼の顔の嵐によって決定される

2014.11.3

空中に根を下ろす

根を下ろした空中から
雪を放って降らせる
そのナイフを
その鋼の釘を
その鉄さびの赤を

真っ暗な大地が
棺のむせび泣くようなバイオリンの形になるとき
彼女の身体を目覚めさせるエメラルドグリーンは

緑の芳香
緑の皮膚
緑の血管

ライオンの髭のような眼差しのなかに
君は私の代理として
無理矢理生まれ
年年歳歳
私に絡みつくけれども
私は君に絡みついてはならない

2014.11.3

愛は十八階から跳び下りる

愛は私たちに絡みついて
十八階から跳び下りる

以前には時間を捻じ曲げていたので
白紙に墨の跡のように書き込まれたというのに
来た道が探し出せなかった

ロープを少しピンと　どうぞもう少しピンと張って
鳥の巣をしっかり固定し
いっしょに一本のストローで吸って

墜落して下さい
飛翔して下さい

愛は十八階から跳び下りる
巨大な痛みが　炸裂する

早朝の　遮るもののない広々とした窓を開け放つたびに
そこでは　満腹の麦穂が腕まくりをして
秋の収穫のベッドへ飛び込もうとしている

2014.11.6 飛行場

春の染み

春の染みのことは気にするな
君にお供する花を
照らし出す小太陽のことは気にするな
ちっぽけな月のことは　気にするな
時間たっぷりの修正液は
稲妻の真っ黒な白夜にびっくりして
真っ青になり
金の盥《たらい》で手を洗うのだ

春の意外な出来事は

アーブーと言って歩みを学ぶ赤ん坊のような
言葉を詰まらせる役者を喜び
舞台の長たらしく重苦しい演技に暴れこんで
一発ビンタを喰らわすのだ

咳一つと比べたら
床に伏して起きられない冬の痣が
君の春の染みが
何だというのだ
さっさと君の小さな馬車に乗り
懐のなかの何トンにもなる唖者の爆薬の包みを開け
渓流に
世間に
大海に
巨大な轟音を与えよ

君の巣で　君には
「永遠にしない」と言う権利がある

2014.11.7 舟山群島

母

私は誰だ　そしてあなたは誰だ
母の鉄の囲いの内に身をかがめて
赤い漆で文章を書く歳月は
一撃に耐え切れず
次々と剝がれ落ち
ちょうど　鍵穴が鍵の飢えた嘴に
そっとしまい込まれて　立ち去ってゆくかのようだ

暗闇の中で
編んだ鳥籠は

どんどん広くなり
今ちょうど天空の　余りの領地を
突破している

男たちは波止場に立って
口中の　滔々と流れて止まない大海を取り外し
ロープを用い
時計を操り
永遠を刻んでいる

私は　自分を身震いさせる「母」
という言葉を
口にするのがずっと気恥ずかしかった

2014.11.23 蘭州　2014.11.30 改稿

遅刻者

紙屑のような時間が
砕けた冬の骨を高く差し上げて
永劫に癒合することのない呪文を
凝視している

顔の染みとなった太陽は君に返してやろう

かつては熱情のあふれていた夏
舌は　激しく流れ下る谷川をたたき起こし
瓶のなかの鐘の音は解き放たれ

孔雀の青い種は
くり返し深い眼窩の天空へ飛んでゆく

まるで　自分の夏ではないかのようだ
鬘《かつら》を付けた夜は徘徊して離れようとはせず
心臓をしっかり支えてこそ墓穴を阻止できるらしく
昼間を放り出し
遅刻者のようにプラットホームを追い払うのだ

残っている旅程は救い出してやろう

偽りは己の汚点の証人となる
顔の染みとなった太陽は君に返してやろう
紙屑のような時間がロープのように襲来して
何層にもくるまれた言葉を解き放ってやる

語句を携帯しているべきウイルスは
首切り役人の蒼白の指が
あらゆる盲目の駅に停車するのを
我慢している

2014.12.15 初稿　2014.12.28 改稿

闇夜にきらめくバラ　組詩

1　蘭州の病人

霧の子供が
漂っている
硫黄とタールの混じった飴を用いて
朝の窓ガラスの淡い光を
蛭に吸わせている

スチームの傍らのゆりかごは驚いて泣き
水洗式便器で徹夜の

エンジン音のなか
手話で私たちの静寂に呼びかける
ひどく押さえつけてくる天井板は
喘息を患う人の
小さな頭を垂らしている

鎮魂歌は壁を見つめ
その時夢想が早々にやって来て
魚のように自由に呼吸して
水面に躍り出る

鉛の注がれる海
波は驚かない

2014.11.22 西安飛行場

2 闇夜にきらめくバラ

天空の残骸を液化する便器に
水を押し流す力はないが
海底を貫通してゆく

振り払おうにも払い切れない旧いバラは
熱い思いをゆらゆら漂わせ
境界を越え
ゴーゴー鳴り響く住所と答案を
頑なに探し求めている
独楽が鞭の周りを
楽し気に回るというなら
夜を徹して呼び鈴を押す信徒は
十字架に呼びかけているのだ

天井板では
蝿たちが人類の失われた調べを

朗誦し
野獣と同様　じっと身動きしない

2014.12.3 早朝 貴陽

3　蛇形馬車

清潔な手が見つからなくて
闇夜と昼間を数えてみる
それらは生臭い骨に寄りかかり
子供たちに夢を与える

君の傷跡の残る顔に
紫色のチューリップを育てて
冬の広々とした風に仮装させよう
私は彼女に告げる　あなたは神にとても近い
彼女は疑念を抱く　私は異郷のハゲワシなのだと

彼女は刀の刃のような大海を招請して

遠く残りの旅程を航行する
残骸の握る標識灯が
蛇形馬車にまたがって
目を抉り出すのを私は目にとめる
私がそれを避ければ　悪運がやって来るのだ
彼女は追いかける　必ず後に付いて行かなければならない
そこは唯一の避難場所なのだから

2015.1.7 西安飛行場

4　罌粟の花の夜

君の目にする蜂の巣はどれも
呼吸と耳が剝がれ落ち
マジックハンドの操るきらめく時計を溶接している

君の付き従うどの天空にも
期限付きの通行証があって
広場と教会堂の石段で躓き転んでしまう

空っぽのコップを出迎える早朝
巻かれ曲げられた舌は硬直して
測量する水銀柱を探し出せないでいる

鞭はすくすく育ち
サクランボとイチゴに呼びかけ
明日が絡みつく果汁を敷き広げる
それは君の誤りなのではない
探照灯は白昼によって失明させられている

虚弱であればあるほど　いよいよ立っているべきだ
車椅子は祭壇となり
ネットの駿馬のいななきは
私たちの罌粟の花の先端で満開になっている

君は深淵の上で
終にフェンスを越えてしまう

2015.1.10 南寧

5　陶酔には秋の言葉が多く

秋は招待状を得て
君の胸の内
紫色の葡萄で醸造する

血の色の海をかき回し
焼けるように熱い額とひげ根に出産をうながす
風は夏の白い葦を率い
腰より下の心をすすって
ちょっとだけ眠る

君は彼らの薔薇だ
君は天と地の接点へと棘を伸ばし

まるで鍼灸を施して彼らを蘇生させるかのようだ
飛び跳ねさせ
夜明けの露を噛み破らせる

ちょうど自分の肉体を撫でるかのようだ

灌木の林がサザーと鳴り
君は在野の身を力強く忍んで
夜のシーツとともに
無言の殺戮を展開するのだ

たった一つの純粋種は
花を咲かせるだけで実は結ばない
君は秋の多くの言葉に
陶酔する

2015.1.11 南寧

6　中国から涙を連れて

弾丸のように飛び出してゆく
太平洋の風が
指をかけ引き金を引くのだ

ホコリが歌う
それは決して初めてではない

君が私の血を使って
胸の内を
灌漑するのを見て
彼らはほとんど同時に白旗を掲げる
あたかも小さな流れが前夜に積もった雪へ流れ込むようだ

目は寄り添って

いっしょに暖を取り
借りてきた星あかりを用いて呼吸して
暗闇のロープが明日のまつ毛を
振り払うのを阻止する

ホコリは歌うが
それは決して最後の一節なのではない

私は飛んで火に入る夏の虫のように再び溶鉱炉に入り
中国から携えてきた涙を用いて
北半球の緑青をきれいに洗い落とす
君の鍵を開ければ
手枷足枷が囚人を終身追いかけるように
故郷の大海の呼び鈴が永遠に叩かれて鳴るのだ

2015.1.16 米国行きの機内 初稿
2015.1.27 ロスアンゼルスから上海へ飛ぶ途中 改稿

故郷の罠

君は影を栽培する
私の外套をまとい
枝葉を大地に返却する

君は炎熱の太陽を弔問する
暗号のような目の周りの隈が
天から滴り落ちた塩分をいたわっている

帰郷を潔しとしない帆柱は
波に一歩また一歩と引っ張られ
重々しい大海の鉄さびの赤を噛んでいる

喜びにあふれる小さな松は
暴風雨の溜息だ
君の母たちの暗礁の上を吹き
君に代わって　つらなる渦巻の罠を追放し
遠方に枝矛を供え
首の真珠島に掛ける

私の弓矢はもうなまくらだが
二月の的を射抜き
明日の靄は
時間を　自分自身の時刻へ連れもどす
私は求める　その傷口を取りに行って
みぞおちから一寸離れた所に　故郷を突き刺すよう求める

2015.2.3 蘭州

口の無い遺言

君は上流で足を洗い
故意に湧き水を汚すが
そのたびに　君のトタン屋根を透き通らせることはせず
自分のラッパを吹き鳴らすのだ

君は高揚する太鼓のリズムを無視するが
弦は　君のいつでも気ままに舞い上がるホコリに
むせび泣いている

君は徒手空拳のかぶと虫だ

太陽の爆薬嚢を背負いながら
私の呼び掛けが聞こえていない

私は　君に薬を飲ませ
階段を時も分かたず転げ落ちる心臓を支えている
君は　咳き込む大時計がぶつぶつ
つぶやくのを丸め込み
海底の石棺へと引きずり沈める

私たちが金色の指輪をはめて
南方もしくは湾内へ飛んでゆくとき
君は逆に青い氷を揺さぶり起こし
大岩にぶつけ　半円の夢を粉々にする
君は孤児を一網打尽にしようとする

君の涙の深さは計り知れない

口の無い遺言は何か言おうとして　やっぱり止めるのだ
尽きることのない愛は
私たちが閉じこもっている光を赦免するのだ

2015.1.21 サンフランシスコにて書く
2015.1.23 ラスベガスにて改稿

藁人形

まるで質草にされた歳月　びくびくして
とても手を伸ばすことができず　焼けつく鉄鍋のなかから
躍り上がり
柄杓で火をすくい上げて
額の面している森へ突っ込んでゆく

厚い綿入れを着る氷の原の外から　ひたすらのぞき見する

許して欲しい　太陽が私の身体に
突き刺した矢を抜いて　あなた方に

差し上げよう　闇で買ったドラッグMDMAから
レクイエムを醸造し　列をなして待つ空っぽのグラスの
一つ一つに注ごう
どっしり重いクヌギの酒樽の隣から注ごう

遠くから接近してくるカラスをさえぎってやろう
小人《しょうじん》よ　君は成功している
孤児に旗手を担当させよう

絶えることのない犬死の戦死者たちの間で戴冠し
わざわざ顔を傷つけた馬面の記念碑に
艶やかな王冠を戴せてやろう

2015.2.20 深圳

テレサ・テン　雨の夜にくつろぐ

ぴったりこの時刻を捉えた　雨のしずく
揺れる茎に引けを取ることなく
滑り下りる窓ガラスの向こうを
ぬかるんだ流水が一瞬跳びはねる
タイヤの後方

みんなこんな具合に　雑草の生い茂り荒れ果てた未来へと急ぐ
広々と遮るものがなく　そちらを見つつ
問いただす
粉々になった節旁《ふしづくり》は

どうしてシートを占領して
君を盗み取らないのだ

まるで歳月を奪い取るホコリのように
激しく揺れ動く雷鳴の順番が　君にやってきて
痕跡皆無の夜
君は爪先立ち
声を張り上げて歌うが　とてもささやかで
ほとんど聞こえない

先頭切って
凱旋する　望みが
緩む　空を旋回する翼のすべてが
ほとんど平定された大通りを
駆け回る

私は忘れる　もはやあやつり人形だ
もう君に口付けできない

2015.3.4 雨の夜 広州　2015.3.20 改稿

対決——ロシアン・ルーレット

黒雲のように黒い目の隈　手を突っ張って
いつまでも疲れを知らない丸天井の目を開くのだ

君は　四季が大型金庫に
放置しておいたネガフィルムの
はっきり見えない顔を
一つ一つ見分ける

それは　まだそれらが展示したことのない肖像を
未来の人質を　見張っているのだ

最終の勝者はいない
表看板を務める指揮棒がなくなるとき
ロシアン・ルーレットは
嵐の対決する心臓を　ギリギリまで鼓舞する

君は歳月に負けるのだ
運命の祈禱師が組んで揺さぶっている腿の他にも
さらに死が引き奏でる時限爆弾があるのだ

火のように熱い柄入りカーペットが絡まれば
永遠に吉日の訪れることのない金城鉄壁の守りだ

2015.3.8 深圳

無花果

君の触れたことのある花弁は
どれも　美しくて
毒があり
罌粟が分泌する激しい炎のようだ
はぐくみ育てているのは君の子供ではない

共通の父親　偶像は
夜が絞り出した血
紅い朝をなめる灰色の口だ

君の枝葉は彼女たちの刈り取るところとなる

余りの身体が
納骨甕を掘り起こすのだ

無花果の
蠟人形のような本当の姿は
千の岐路が脚を伸ばしている
ゴロツキの運命を終点まで保たせようとするらしい

何故彼女たちを許したのか
欠席者の
裁判

まるで石のなかで凍りつく水のように
別々になって
始まりへと戻るのだ

2015.4.4 杭州

ノコギリ歯の空

今日　誰が亡霊を信じないというのだろう
目を覚ませば　そいつは敷居のそばに
帰宅しているのだ
誰が　桟道尽きるところの広葉樹林へ
帰れないというのだろう

死者の動悸は君たちの口に含まれていて
藤蔓のように
ぶつぶつ独りつぶやき
幸せを祈る霧雨をそそのかすのだ

また時には　疾風のなかの小リスのように
故郷の銀色の斧をだまし討ちにすることに　抵抗するのだ

言葉の閊《つか》える夢は　すでに火花が跳び散り
もう話ができない　永劫に話すことができないということだ
ノコギリ歯のない空で再会するには
素足になって　互いに鍵を見覚え
痛みの抜け落ちた指輪を交換することだ

それらにしてみれば
地底にどっと現れる黒い血を
月下の野獣が見ているのだ
未だ溢れたことのない川床は
すでに充分に満足しているのだ

明日の納骨甕は

話上手の影が出てゆくのを待ち
あまねく菜の花の挿してある墓碑を見舞うのだ

裏庭の木の下に葬ってほしい
私を抱き君を抱き
独りぼっちの涙に代わって銃弾を節約するのだ

2015.4.5 清明節 杭州

陽を呼吸する

とうとう陽を呼吸することのできる
その一日

胸を圧迫している黒馬を吐き出し
その蹄を目にするとき
風が巻き起こり
旗竿後方のガラス防御線を押し破るのだ

私のホコリに戦いを与えよと
骨箱が一つ

後から来る者に告げている
彼らはかつて　空よりも久しく立っていられたらと
千年思ってきたのだと

2015.4.11 北京

口の無い口で話す

君が話す
私が話す
彼女が話す
口ごもり　つかえて又つかえて話す
口の無い口で話す

言葉は　一回また一回と　もがき抜け出るたびに
水面に躍り出るひとひらの雲のようで
丸屋根を群がり取り囲む稲わらを捕まえるらしい
私たちが小躍りして

復活を祝うとき
そのたびに捕まえるのは
なんと　ますます深い眠りの破片だ
まるでトロール網に囲いこまれた魚群のように
忙しなく突き刺さり　水をますます痛がらせるのだ

深海の鏡は聾唖者の隊列を
明るく照らし
私たちは海の藻のように寄り添い
白い大鮫の　救助を求める口笛を待っている
受精とは
ちょうど　燃料を使い果たした潜水艇が
舌を長く伸ばして
往来する見知らぬ船を打ち砕くようなものだ

2015.4.10 昆明

白日夢の片隅

白日夢の片隅は
食べ過ぎの天空の　二回続いた胃痛で苦しい

嘔吐を催した黄疸
穀物から身をかわす碾き臼の石
雲を突っ突き破るスズメバチの巣
ハイヒールが鳴らすように　コツコツ音を立てる秒針
気紛れな運命のサイコロを放り投げ
血液の驚きさわぐ山巓へ
唇に降り積もる黒い雪を吐き出す

険しい角度で立ち昇る下水道に
春へと飛ぶ死骸が沈殿して溜まっている
壁に斜めに掛かった鞘に
抱き合う翼が飛びかかり
開いた蜘蛛の網へ振り落とされる
花開いた遥かな腕
白日夢の隅は
砂利の湧き返る灌木の群れに　深々と落ち込んでいる

鈴のついた山羊に
自身の毛を刈る元気はない
彼らの皮はすでに鞭で汚されている
仲買人の頭はまだ目を覚ましていない
黒水河の境界杭が彼らを取り囲み
蹄の足踏みが止まない

2015.4.16 深圳

黄金の廃墟を匍匐する

母は明るく真っ白な月を抱き
飛び散る火花から逃れたいと　肉体の願うハンマーを振るう
青い上着が十字架を覆っている

紫の葡萄の涙は　今にも崖から落ちようとしている
砕けて流れる湧き水は　喉で破裂する発育したばかりの音

穀物はすでに腫れ上がり　カラスの刺客は
頭上に徘徊し
きらめきの致命的な一撃が

パッと漆黒の大門に現れるのを待つ

勲章を鍛造する蛍は
合羽を着た覆面男の
行き詰まりの打開を待望する

父親たちの何という軟弱さ
鎌の吹き寄こす音に　彼らは腰を屈めて
麦の波の黄金の廃墟を匍匐する

2015.4.19 深圳

空の笑顔は　君がピカピカにしてくれるのを待つ

君はもうずいぶん長い間
空のまいた涙を
奪い
ハンダ付けの稲妻は
鉄の箒をホコリまみれにした
月光の耕した深夜は
君の広野のような沈黙を弓なりにした
夏の日の牧場が　以前のとおり

馬の蹄の揺り動かす手綱を忘れていなかったとき
君は故意に紅い関節をもてあそんで
ガアガアと音をたてた
大病を気ままに使い散らして治癒したばかりの痩せ太陽は
繰り上げて秋へやって来た不整脈の
モミを腫れ上がらせ
まるで自分の指ではないような様で
群山という書籍を一ページ一ページめくり
湖のほとりのフラミンゴは
君に代わって飛翔した

君が去ってからもう随分久しい
鏡のなかの羽を深く哀惜し
毎日窓を閉じて
日ごとに窪んでゆく地平線を測量し

君は凍える太平洋の海水の伝達を開始した
熱せられてカルシウム化した昔日の歳月は
熱い思いの目で
明日を忘れる鐘つき男を養い
遠いミレットのきらめきの　若葉を摘み取った

北アメリカの春
君に接近して空一面の星に点火した導火線
空の笑顔は　君がピカピカにしてくれるのを待った
大音響のクラスター爆弾

2015.4.3 上海

災難中を逃げる――春だったり愛だったり

激しい炎が私の身体のなかに渦巻くが
出口が見つからない　そいつは骨に衝突して
傷を負わせるが　骨は硬く
ホコリを辺りに振るい落とす
彼は山なす砕石にぶつかるが　それらは独り身の女のように
泡を吐き　まるで一切と関わりがないかのようだ
それから　そいつはやわらかな腰に触れて
連れ出してくれと懇願するが　「証明書はありますか？」
そいつが鎖のようにくねる腸を抱きしめるとき
どうして手をゆるめて脱け出そうとしないでいられようか

「私と結婚しよう」
そいつの横一文字に並べた金ピカの金貨は
真夜中の星をうす暗くする

廃棄されて久しい油田が朝を爆破して吹き飛ばすと
空の耳は汚れた血にまみれる　私は知る
災難のなかを逃げるのだ　春だったり愛だったり
彼女たちがやって来る

III

半輪の太陽

1

彼は廃墟にいる恋人のことをひたすら想っている
窓格子に照る紙製の月光は
キメの粗い歳月のなかの雪を呑み込むが
それは二人が求めていることだ
硬いプラスティックと石を呑み込んで
碾き臼の台のような壮健な胃を育てたいと求めているのだ

2

生贄はラッパのフォルティッシモを鳴り響かせ
溶鉱炉は　もろともに滅びる火花をピカピカに磨き立て
湿った紙箱のなかのマッチの群れに点火する

3

彼は自我殲滅の戦闘にはまり込む

4

僥倖を喜ばなければならない
籬《まがき》を補修する小男は
鉄条網を撤去し
こめかみに流れる銀色の谷川を掘り返し
混乱する意思を玉石《たまいし》に担わせて流し
しばらく身を寄せていた出生地を抹消し
随時脱出できる国家を築かせるのだ
何日何時に生まれたかを質問すると

彼は東方を手探りし西方を指し示し
胸を叩いて
「此処だ」と言う

5

彼を救い出すのは南方の叫びだ
異なる方言を話す見知らぬ顔は
日々の夏に腫れ上がり　それ故に彼はもう
早朝になるとあらためて振り上げられる鞭を恐れない
彼の夜は隠された臀部によって心ゆくまで開かれる

6

雑草のようにやたらと伸びる高層ビル
通りの中央の公園を　両側からがっちり挟んで献上する心地よさが
農村の乳である稲田を　十重二十重に囲んで吸い上げて空《から》にした後に
かつて傲岸で人を人とも思わなかった排煙窓を打ち砕き

紙幣印刷機の追い求めた花嫁になるのだ

7

甘美な言葉が鋳込まれる玉座で
彼は豪奢を取り出す
まるで青春のエネルギーの漂う大通りへ帰るかのように
刑期未了の明日を気ままに使い散らし
山河の脇の下の葦を　描くがごとくに根絶やしにする
山と積み上げた黄金は身体を覆い
周りを守る一面の白骨はもう記憶に値しない

8

喉を使ったのでは
断腸の十月を充分に空泣きできない
大声で叫ぶ鮮血はみぞおちで
すき間なく密集する黒い肺を塞ぎ

鬱血した拳は声を張り上げる
だが夜ともなれば時として
むせ返る人の吸い殻で空は火傷をし
後退りする踵に　釣り糸を垂れる目は見つからない

9

甲殻虫は居眠りし
罰金納入通知書を貼る警官は盗品の山分けに忙しく
道は長すぎ号令はもたつき
可能なのは借り物の舌で
千里の向こうから伸びてきた足指を舐め
毛だらけの塩漬け豚足を捧げ持ち
皆で口をそろえて
「最愛の天使よ」と言うことだけだ

10

もものしい個人所有の庭園のなか
祖母よりもっと年老いたペルシャ絨毯は
雌馬の輝きを発し
女が酒瓶のなかでコルク栓をこじ開けると
二つの乳房は水晶の器に盛られた大きな果実に似て
この世のものとは思われぬほどに美しい
卑賤な水溜りにも骨はあるが
彼女は腹這いの身体に飽きてしまった

11

広場の踊りのなかに均衡している時間を
生きなければならない
母の教えを忘れて
時間の血液の残した温度計を歪曲しなければならず
試験管ベビーで
人類の原子核放射能のような繁殖に対抗しなければならない

12

影を全部売り払ったあの人は
父の遺言をずっと繰り返している
私に敵はいない
私は背いていない
十二人の弟子が残した孤児は
枝をいっぱい伸ばした薔薇の銃を手にしている

13

皇居の救世主の塔は
二人の子供がドームのぐらつく木の扉から這い出て
食堂のテーブルクロスを片付けるかのように
黄昏にはためく旗を引き裂く
正規の歩調で地を蹴る歩哨たちは

まるで手をつないだ木製人形のように
肘を高く上げて
広場に向かって進んでゆく

太和殿には人一人いない
大臣はとっくに行方をくらまし
華麗な祭祀用長衣を着た皇帝は
千のロウソクの光の揺れ動く下でミサをとり行い
臨終前のあわれみを請い願う

蜘蛛は宮殿のなかに巣を張り
腰の深さのガソリンにはまり込み
東方に昇る朝日を出迎える

2015.11.2 舟山から杭州へ向かう道中

羽毛万歳

暗黒は私が想像するより強壮だ　一日の始まりに
夜明けの薬瓶は使い減らされて空っぽになり
振るい落とされた鎮痛剤は
春の芳しさを支え切れないでいる

鳩の花嫁の純白によって
薔薇大通りに向けて永久占領を宣告し
軍装用ベルトを外して
長髪と踵を舐めている

君たちにはみんな私を愛する権利がある
花びらをかき混ぜてこそ酒にありつけるのだ

黄昏の詩集がパンティーから垂れ下がり
鋼管の破裂によって流れ出た水が
海中の残骸を掃き
遠方で門外へと閉じ込める
使用人のようなうたた寝のいびきを用い
夢のなかへ伸びてくる虎を阻止している

暗黒は私たちと共寝をし
顎鬚《あごひげ》をたくわえた村長は外股でゆったり歩いては
戸籍を割り当て
飢餓の大地に代わって負債を返す
彼だけが時代を談論する資格を持っているらしい

鏡のなかの見知らぬ羊の群れは
自分が鬣り尽くした青草にたいして傲慢だ
包帯は再び泣き叫ばない
仮想の狼の群れは明日の喉を締めつけ
民族のチーズによって
鮮血と熱涙に片を付け
常に湧き返る崩落から脱出している

闇夜をつつく目玉は転げ落ち
彼女のために大喜びし　彼女のためにむせび泣く
点字ブロックのある道は歴史の曲がり角に沿って
ロバの深淵へと滑り込み
碾き臼を推し進めては後ずさりする

王はまたしても勝ち
袖口のおたまじゃくしを探り出して

秘密の承諾を激しく揺り動かして
「羽毛万歳」

2015.7.1 広州

太陽玉葱を切れ

ナイフが舌先を嘗めるというほどに嫋《たお》やかな
そんな風が吹いてきて
そっと私に声をかける
太陽玉葱を切れと

干し魚の漂流する埠頭でコンクリートを夢想へと流し込み
海底に沈んだ鋼鉄の棺のなかから拍手の音を掬い取る
卵で石を撃ち
錆びた母斑を見せる
私はそんな彼女の度胸に感服する

私の夢は蟬の羽のように薄く
朝露に濡れた草の根によって
サンゴ礁の血液好みの盛大な宴を下方から支え
硬直した屍の安静を戦利品として手に入れる

彼女たちは玉葱を切る
暮れ方の食堂で列を成して切る
ものの見えないうす暗い片隅で切る
残高不足のクレジットカードを使って列を成し
彼女たちは玉葱を切る
たくましい蟻の群れのように
恩讐に気に入られた切っ先のもと
花びらを通り抜けて飛び散る涙が
むせび泣きを夢想するという使命を完遂させる

私たちは共に太陽玉葱を切る

2016.1.1 深圳

羽毛

焼け焦げた羽毛が私のふところに跳び込んできて
震える魂の伴侶となり
年経たその咳払いに付き従うよう求めてきた

私は聖賢でないのが恥ずかしくて
山々の分厚い胸板が持ち上げられない
狭苦しい心房の傍らで
押したり引いたりで休みなしのフイゴに
覗き見られ
そのうえ私は丸天井に逆立ちする神ではないから

ポケットは眠りこける木製人形でいっぱいだ
それらは全部一つまみの火薬で呼び覚ますことができる

私は君のためになら吊り橋を造ることができる
鉄のケーブルを下ろし
一方の端で枝を広げて葉を散らし
広々とした空を高々と引き上げる
或いは
軽くて柔らかな木のドアを閉め
竹箒のようなボウボウたる鷲鳥の毛の筆を鋳造し
険しい未来の血管のヘドロの流れをよくするのだ

私は知っている
このような選択は私を窒息させるも同然だ
落ち着きのないコインを捕まえてくれ！　クジを引くのだ

ドンはこれまで現場で取り引きしたことがない
咳払いは継続するだろう

2016 元旦 深圳

年末──秩序の仮面

彼らは　私がすでに懸崖に懸かっていると
私に信じ込ませる
蹄の音
嘶き
大望は
代々の先祖のように
遮り止められたら　必ず
蝸牛の唾液が刻み残した通路標識に沿わなければならない
喘ぐのは許されている

口元の汚れを拭い去り
トイレで化粧直しをし
隊を組んで撮影したら
未来の遺影に向かい
腰を曲げて礼をする

玩具の人形の身分でカーテンコールに応じ
ピタリみぞおちにお守りを貼る
涙の鞭を外そうと試み
新たに生まれた裸の孤児を真似る
秩序の紫色のガウンの滑り落ちるのに満足する

何という完璧な美しさの肉体

ブレーキの利かない大型トラックは
夜の帳を裂き破る巨大な白骨が

迷夢から覚めたばかりであるかのようだ
懸崖に飾り付けられた仮面の森を突き抜けてゆく

2015.12.31 深圳

君は私に追いつこうとする

君は私に追いつこうとし
会う約束という鞭を使い
シャボン玉を積み上げた墓のなかへ
最後の一滴となった障害のある血を播くのだ
最後の防御線を携帯するが
揉まれ色褪せたシーツは
旗印を揺らめかせて
空中ケーブルに引っ掛かっている

私は居眠りの深淵で目にしたらしい
痕跡を拭き消した火の重なりのなかで
焼け焦げた彗星が　今ちょうど踊っているのだ
象牙の白い肌が現れ出て
健全な内臓が立ち上がり
戸籍を届け出るよう要求している

そんなことが可能なのだろうか？
じろりと睨む私の眼差しに順番がきて
じろりと私を睨む
あり余る際限のない時間と　狭い空間とを取り換えて
盛りだくさんの嫁入り道具を
繰り返し手に入れる小さな人形のように
大災害から逃れた生存者を
いつでも歓迎し
金魚が泡を吐くように

お決まりの運命の　美しい彩りの恐怖を盛んに口にしている
まさかそれが真実の歴史という訳でもあるまい
時間の頻繁な往来が再上映される録画のうちにそれを嘔吐し
清潔な病床に
抜け殻になった身体を奉げる

黎明は夢のなかの露を抱きかかえている
父母は未だ生まれていない子供のことを　泣き声で祈っている
君はもう深遠な境地に達した私に
追いつけない

2015.12.20 広州白雲国際空港

記憶が私に目を留める

もう地上に肉親はなく
子孫の絶えたホコリは
たとえ溶接の青い電気火花がきらめいても
顔に焼き入れられた蜥蜴を　こじ開けられない

黄道十二宮の白羊星座は汽船に乗って竜巻の後に付き従い
ワイヤロープの腕も届かない係留地に到着するが
武夷岩茶の「大紅袍」の波はラジオを抱えていて
溜り水が潔癖症の母を慰めるように
海水に木を嵌めた床を素足で歩いても

この世にあるという混沌たる感覚は　もう心に見当たらない

いよいよ増してくる引き千切られた日々は
天空が製造した雲の泡に炙られて
死に物狂いの力が引っ張り出され
窯から出たばかりの　香気鼻を衝く小雨の卵が鞭を振るって
たとえ役者が全員荒野の舞台から退場してしまったとしても
木霊をなめる頑固なハルサメに分け与えてやる

死んだ狐目のなかを
船が通過するだけの深淵は　どこもとても浅く
しょっちゅう裏切る者はすべて
固まったまま飛び跳ねる稚魚が
網からこっそり漏れる水に残留しているようなものだ

抗い拒むのはもっとよく記憶するためだ

甲板上の渡り鴉の群れは私に望んでいる
彼らに代わってもう一度生き
何度も道を変える川の流れのことを認めて欲しいと

2015.12.19 広州

彼女たちは痩せて雪山の峰となり

彼女たちは痩せて雪山の峰となり
青空のもとに孤立し
石膏のような練乳の白によって
刃物同然の風に衝突し
私に向かって世に類のない甲高い叫びを発している
彼女たちは言う
私たちは似た者同士だと

否　私は抱き合って大泣きできるだけ
悲しみに心を痛める長いまつ毛で瞬きできるだけ

クラクションに追い立てられ
丸々肥えて張りのある尾のない尻を震わせて
山あいの村に車道を引き込み
サンバを踊る肉感的な女のように
力強く美しいしびれの内に麻痺するのだ

果てしなさに嘆息し
彼女たちの非の打ちどころのない装いを奨励している
凍りついた土地は
火箸に挟まれ小躍りして　山なす薪の火に入れられる故国の文字のようだ
火傷をしては
傷跡を拭き取っている

2015.9.12 天山　2015.9.19 厦門 改稿

捉巫記

巫女を捉えたその夜
神によって命名された剣が何処へ飛んで
ゆこうとするのか　国王には全く分からなかった

鋭利な刃はまず街角を通り抜けて鞘を払い
臭う排水溝に沿って
樹皮のように干からびた老婦へと伸びていった
彼女たちは悪魔が施した特徴通りに
悪行のやり放題
子供を喰い毒薬を煎じ

竹箒に跨って星旅行をした

残虐をほしいままにする五月の黒死病は
蔓延の恐怖をエスカレートさせた

だが自供する者はいなかった

鞭打ち刑　水牢　煮え湯に代わる代わる苛まれて
終に彼女たちは屈服し
死体嗜食を　作物荒らしを
そしてロバ　豚　山羊の交雑を承認した

判決宣言の大会は人の心をかき立てた
巡回興行のそのように
髪と陰毛をつるつるに剃られた巫女の目に
泣き声と共に涙があふれ

自ら編んだ淫らな邪悪を討伐して
検察官の求めた出鱈目な罪状に満足したのだった

果てしなく終わりのない火刑は威嚇充分だった
とろ火でゆっくり熱を加えて煮込まれた
腿から上へ
苦しみは
腕　首　額に至るまで

素晴らしい成果は山と積まれ
秋の鎌はもう停まれなかった
千の区画が素速く平定され
遊女　男色者　近親相姦者が一網打尽となった

クリーン運動は皇后の払い下げによって終結した
だが絞首刑台下で歓呼する革命は

少しも満足していなかった
血生臭い喉が完勝を祝い
国王の頭を勲章にし
冬のうす暗い空中に掲げた

2015.8.22 シアトルへ飛行中　2015.9.4 合肥 改稿

目が掃射されたらもう見えない

目が掃射されたらもう見えない

戦車に乗る大統領が
袖口を振って千羽の白鳥を出すと
それらは　潮のように取り巻き守る蟻の隊伍を労う

彼は
蟻たちがコピーした木製人形と同じように
再び鳥肌の腫物を切り開き
手を振り上げて大声で

万歳と叫ぶ
ゲーマーだという身分を忘れて
彼が終わりのコイン数枚を投げ終えるとき
夜の気配の灰は　彼を取り囲んで
橋脚の下のトタン小屋へと戻ってゆくだろう

2015.9.3 合肥

独り記憶の空漠に座す

独り記憶の空漠に座せば
残りの旅程が彼の未来と顔見知りとなり
老眼にかすむ朝をこじ開けて
野草のように這い過ぎる花に
何度も問い質す
君たちは誰だ？

こんな一日があるなんて本当に信じたくない
巨石が転がり落ちて
分厚い掌にも凹ますことのできないような窪みができる

深く静かな黒龍潭が
天を支える大黒柱を慄かせ後ずさりさせる
その一物が　かつては中流で水面を叩いて
汽船を沈没させ
列車を一瞬停止させたことがある

まさか　それが全然彼の渇望した祝祭日ではないというのではあるまい
収穫の約束を早め
落馬するという彼の空想に回答し
道に迷った者の顔つきをする
学習を怠ける悪童の姿は
疾走し　太陽を引き連れるよう頼むなら
何処へゆこうとしているのかを　私に問うてはならない

翼を持たない天使は
雨にずぶ濡れの黒鳥のように痩せている

今　終に空っぽのねぐらをひっくり返し
心行くまで大笑いする
さあ来い　ゴミたち

杖、義足
もがき抗いつつ運勢を試しては
最後の一夜
火の海を抱えて床に就き
故郷の　まさに腐って朽ちんとする子宮を出迎えようと企む

2015.9.2 合肥

烏鴉鎮

1

この一帯の立入禁止区域は誰も通らない
ちょうど闇のなかの寡婦の身体のようだ

祖父は戒める　そいつに触れるためには
天地の太極を攻める方法を学ばなければならず
わしの以前の影に座して
「撃鼓伝花*」　遊びをし
必要な時には　わしの羊頭を掲げて

荒野に襤褸をまとう狼の群れを呼び戻せと

2

予期せぬ勝利がやってくれば
兜をかぶる指揮官も
何とも手の下しようがない
偽計を疑い
しきりに身体をさする

陣営はしんと静まり返り
もう呪いの導火線はないと
間者が次々と報告にやってくるのだ

3

軟骨たちは烏鴉鎮に泊まり込み
道の両脇に並んで歓迎し

踊り出すナイフとフォークを出迎え
夜の宴で血を嗜好する銀の皿を慰めるのだ

4

まるで以前に戻るかのようだ

額に楔を打ち込むという抵抗は
排除され
空中投下の腐肉には　物言わぬ薬が塗布される

深夜に鶏が泣き
偽物が育ち
ベッドの上は大はしゃぎとなる

2015.8.8 カナダ ゲルフ

*「撃鼓伝花」=「ハンカチ落とし」と似たところがある。多数が輪になり、太鼓を打ち鳴らすなか、花を

一人一人手渡してゆき、太鼓の音の止んだ時にその花を手にしている人が、「罰ゲーム」をするというもの。「伝彩球」とも言い、手渡すものは花とは限らないようだ。

桃

私が彼女に桃の味を帯びてほしいと求めれば
初々しく柔らかな渓流からハラハラあふれる涙は
肉体の紅色の深海に跳び込み
マグマが噴き出してくる

傾城傾国でなくてもよい
だが腐乱は必ず経由しなければならない
泥まみれの枝の香しさが
墜落して
私の墓穴の傍らに横たわる

私は自分が自分の指を吸うことが許せず
何事もなかったかのように
まだ成長していない振りをして
昏の下水道を待ち
時間の荒地に墜落する

ホコリを克服するその日
私は身を隠し
それが初対面になるかのように　君を探すことだろう

2015.8.4 南寧

紙の棺

八月の枝は湖水の聞く　枯渇の
フォルティッシモを抱えて支える

じっと動かない鱒は
口をゆったり横に開けて釣り針を祝福する

かつて釣り上げた眠れる美女は
おびただしい歯車の時刻表が
汽笛によって擦り切れていた

男たちは帽子をとって
紙の棺がもてなす酒宴を受け入れる
髪の黒光りする大陵墓を
宵越しの鳥が掘り返している

2015.8.1 広州

お守り

憲兵が握手する手からは
鈴の音の鳴るのが聞こえ
去年の靴は
続けざまに脱げ落ち
リンゴの香りの　ますます深い積雪の方へ延びてゆく
胸元に逆さに引っ掛かった木は手を振り
アスファルトのような郭公を待ちながら
潮のような馬の蹄の音を
押収する

突っ張って立ち上がった地平線は
すでに蹴り上げられ裏返されている
子供の凧はみんなそれだ
彼らは以前からずっと脚を使って投票し
身辺のホコリを風で吹き散らしている

2015.7.12 南寧

地下鉄

1

早春の陽の光は弱々しく　シベリアから
吹いてくる微風はふるえている
幸いなことに　しっかりマスクに覆われ
街角の大型クレーンの傍らに立ち止まっている
都市はすでに打ち砕かれ　両のあばら骨の垂れている腰は
陥没を防ぎ切れない　今はもう掘り返して空洞にする順番
シールドマシンが巨大な両腕を揺り動かして
刃をつけた回転板を操縦し

勇敢に心臓へと進む

2

私は情欲に身を焦がして　予定日より
七日早く生まれたが　医師はあなたはゆっくりやりなさい
もっとゆっくり　と警告した
工業革命の轟く砲火は
保育器のてっぺんにローラーをかけ
私は大声で大通りへストリーキング
深淵に潜り込んで洗礼した
地下鉄をこじ開け
百年前に下車した乗客を追いかけた
脱線した鋼鉄のすべてが　もう呼吸できなくなるまで

3

ここでは歴史はなにも鏡という訳ではなく

失明したカケラなのだ
憶測が空飛ぶ姿勢になって
千軍万馬を湯水のように使うのだ

4

黒ずんだ口で　太陽のラッパにふんわり吹きかける
見失った青い目を喜びの笑顔で支える
彼女たちは相変わらず　あんなに軽いのだ
君は彼女たちの気持ちに沿う肖像の
制作を承諾する

5

子供たちの他愛のない話と同じく
警告のための黄色のチョッキは
比べるもののないほど雄大な大広場で　何の役にも立たず
密集する不潔な光が

溝のなかの夜をねじ曲げ
サーチライトの強い光が傷兵を治療している
蝮の腐蝕した鍵穴のなかで
腕利きの猟師は慟哭し
病人は気息奄々
だが医者は相変わらず慌てず騒がず協議している
去勢された雄鹿のようだ

6

私たちを虜にしたポプラの木は
私たちを　雪の花のような綿で苦しめるが
ノイローゼにならないとしても　間もなく年老いるのだ
私たちはそのことを恨みに思いながら　それを埋葬してやるのだ

7

遠くのことについては分からない

遠方は彼らの口に含まれていて
霧が流れると
コンクリートの墓穴が倒れる
そこには千層の砂丘が収蔵されているのだ

2015.7.2 広州

指針のように美しく

指針のように美しく
真っ直ぐに空の高みを刺している

どんな溶鉱炉なのだろう
このような灼熱の炎に釣り合うのは

火山の噴火によって
埋もれた彫像はきっと
以後の一切の痛みを
いかにも軽いものにしているのだ

彫刻　死を狂喜させる芸術

あらゆる人が　形を成さない傷口のなかに身を隠している
それが傷口であるのに気付いていないかのようだ

生命を滲み出させる順番が回ってくると
傷を擁護して言う
もしこういう皺を拭き取ったなら
たおやかな花より　いっそう艶めかしいのだと

彼はとても若いが
世の激しい移り変わりに磨かれた顔を偏愛している

生命から滋養を与えられたそれらの
額の皺　目尻の小じわ　皮膚のひだはまるで
やっと装飾から抜け出て
この世界にやってきて
孤独の旅の美しい艶やかさを
演じているかのようだ

彼は死を狂喜させる芸術を彫刻するための
そうだと分かるものを　少しも留めていない
孤独は唯一の堅固で壊れない肖像なのだ

2016.3.28 福州旅行中

ますます出鱈目いよいよ駆け回る

秘して人には見せない朝の涙のしずくを　三滴飲み込み
深い緑の胆汁を　空中の泉に塗り付けて干し
十個の春ナイフを与えるが
昔のペンキのように　また一皮一皮剝がれ落ちてしまう
シルクの涼しさをまとうが
沼地に差し込まれてしまい
これから拾い上げようとする手に
松明を掲げさせる

時代の指針は麗人の痣に遭遇するが
悠然としてチョコレートの太陽を食べ
燃焼を希釈する氷は

時間の饐えた粥の臭みを発している

焼け焦げた彗星のように
真理が　粉々の瓦礫の尻尾を残しているからには
それを燃え残りによってとことん活性化させ
磨きをかけてダイヤモンドにして
靄のなだれ落ちる昼間を支えるのだ

星は青い弾倉に挟まれ
白粉の湿気に慟哭するということもなく改心し
疲れて眠い山々は　窪んだ鷲鼻を見ながら
赤らんだ月を誘い
ますます出鱈目いよいよ駆け回ろうとし
いよいよ汚れた商売で蹄を養い
一見永久に錆びないステンレス車輪に　追いつき追い越そうとする

2016.5.7 杭州旅行中

鳩尾の鳥籠

案山子が紅い兵士に指図して
私の真夜中にローラーをかけるとき
私は自分が誰であり
何処へ行こうとしているのか　分からなくなる
慌てふためきながら鳩尾の鳥籠を取り出し
羽を数本引っ張る
あげるよ　これが住所だよ
私は自分が夢幻によって屋根をめくられた軽騎兵であることが分かる
運転手は哀願する慟哭と親密になる

私を連れていってくれ
馬鹿野郎の混ざり合うアパートは　いかにも独りぼっちに見える

申し訳ない　彼に言ってやってくれ
私は恋煩いを病んでいるというだけなのだ
白昼の内側の腐敗した光線から
割れ目が一筋ひそかに抜け出して
黒いバラの　一枚一枚まくり上げた衣服をのぞき見るのだ

2016.4.27 南寧　5.7 改稿

台湾海峡を飛び越える

一時間のフライト
一度咳をして痰を吐けば着いてしまう
蠅のように
空のゴミ桶の周りを旋回する

弾丸というわけでもなく
肉弾というわけでもなく
しばらく飛び
またしばらく飛ぶ

一旦輪を描いて飛ぶことに慣れて
行ったり来たりすれば
広漠たる黒い土地はきっと
雲霧の波によって際立ち　比類なく壮麗だろう

彼らは私が燕で
大風の櫛を精一杯動かしていると賛美する
私は小声で言う
これは角を生やした亀の楽隊が合奏しているのだ

2016.11.10 天空にて

騎手を探す

黒馬が助けを求め
困り果てたように騎手を探すとき
そいつが直面しているのは　途方に暮れる心の内部だ
そいつは脚を引きずる医者と　刺青を入れた盲人との間で
海水に押し流される自分の重さを試験する
すでに真理の尻尾に接近している

もしも　そいつと天国とが　肩と肩をすれすれにすれ違うならば
天秤上には地獄の点棒が増え
そのうえ臓器を寄付する羽目になり

火薬桶に配置した廃墟への移植が承諾されるのだ

そいつが三人の才能豊かな騎手に出会うことを信じる
手に心臓を捧げ持っているだろう
胸中は天空の指輪が仕舞い込まれているだろう
望遠鏡を手に　そいつを引き連れて疾走するだろう

残されているのは自分のことが聞き取れる声だ
手足を括り付けた如何なる窓も
次々に突き開けて
トマトのようなきらめきをさっと射し込ませるのだ

2017.9.21 旅行中

犬の思想家

如何にして鏡のなかのカビを計測するか
一番の方法は
言われているところによれば　たっぷりの太陽阿片によって
目の表情が蚕食されたかどうかを　計測することである
彼は顔の暗闇を歪曲することで　急速に財を成し
警察欽定のテロリスト像に完勝したが
本当のところ　彼はドイツのシェパード犬を飼ったに過ぎず
終日アパートに隠れて　犬の思いを
犬の今生前世を　じっくり思案し
自分自身を鍛錬して犬の思想家と成し

言葉を止める薬を用いて　日々の苔の嵐の嘴を公開したのだ

2017.12.18 深夜の深圳

秘密の花園

ロボットと神に残忍な獣性はない
私がこの秘密を発見したとき
未来への道はすでに断ち切られていた
無情の薔薇が添い寝している記憶の花園は
花弁の釘を天空の子宮へ向けて放つだろう
深淵に刻まれた喫水線は
見開いた両目を海底の干からびた牧場へと提供する
雪はまるでかつて問いを生じさせた童話のように
人類の闇夜を明るく照らすのだ

2017.12.20 深圳

遺骨を選ぶ

むき出しのまま葬り去られた年代は
雪片が自分のズボンを手探りしている

君は雪片より幸運だった

最も純粋な遺骨を捧げ持ってみると
純銀のように
ほとんど雑り気がない

私はなおも振いに掛けようと

ザラザラしたもの　ゴツゴツしたものを取り除いた
ちょうど私たちが小さい時にほら貝の殻を選んだように
私は最高の善とは天国の
ラッパだと信じた
「いま私たちはそれを打ち砕く」
終末の日の順番が来て　彼への優美な哀悼の対聯を書いた

2018.1.23

本分を越えて

それは四月のことだ
造物主に捨てられたと思い込んだ造化の神が
亡霊の名において
自分のルーツを尋ねる旅の
新たな割り当てをするよう　要求したのは

死に神の気分は最高だと思い込んで
墓地に立ち
腰低く照らす一面の陽の光を
自身に食べさせ

素っ裸の少年に
レミーマルタン酒の力を授けたのだった

私は涙の焼夷弾の
合掌に加わり
雷鳴が点火するのを許した

天地和合の音が私を放置し
ミイラ化した現世に代わって
後から来る者のすべてを
打ち砕いたことに
感謝した

2018.4.5 清明節 泰山　4.8 深夜 改稿

ただ一度だけ誕生させられた

道は千万とあったが
天へと通ずる真っ直ぐの大道は　一本だけだった
涙の女遊客は運命の男神の硬直した両腿を見舞って労わり
もう見せかけの弾丸にはなれない彼のボールペンに　心が激しく揺れ
まだら模様の天空のドアアイのなかで
小道の交差する花園の虹を書写したのだった

君のアドレスも私と
共通の受信アドレス
文字化けした葡萄の房のような数字たち

一つだけの呼び鈴が
もう生気溢れて朝の光に紅潮する訳ではない顔を出迎え
一つの世代が次世代を
見渡していた

死という光あふれる一直線の大道は
終には一息で吐き出された

恐れの欠席している主題が消え失せた後
彫像を保存する肉体の完璧さは一刻の猶予も許されなかった
パン職人
将軍
赤ら顔の高利貸し
駆け回る散水車が　地球の金色のへそに種まきするのを
群がり取り囲んでいた
何という幸運だろう

ただ一度だけ誕生させられたのだ

2018.8.11 旅行中　8.12 深圳にて改稿

痛みとお別れの盛大な宴

君は私を引き裂いた
ちょうど私が君を引き裂き
共謀して痛みを共鳴させるかのように

君は残虐非道を隠すのに成功し
孔雀のきつね目に恐怖を彫りつけた
君は天国の二度目の雪崩で　画面を停止させた
酒の後に手元がくるってテーブルがひっくり返るという勘違いの画面だ

君は手枷足枷を

目の手枷足枷を
耳の手枷足枷を
鼻と舌の手枷足枷を壊して取り払って
徒手空拳の足取りに取り付けてやった

君は暗闇の独眼の鐘の音を食べた
空気が喀血するときの肺葉を食べた
屋上の花園を食べた
まつわり付く根を食べた
地底の甲虫を食べた
君は生きていた
まるで　孤独に自然発火はありえないと言うかのように
隣接する傷口に贈り物をし
失踪しようとしない三叉路へ配達し
枕を抱えて暖を取っていた

私は特別な使命を放棄することまでした
天険に拠って頑強に抵抗し
君を打ち砕き
夜明けがやってくる前に
共に滅ぶことを選び
頭のない君の死骸を抱いて痛哭した

壮麗盛大な宴が入り乱れ
散乱するのを見ては
血を好む太陽のラッパも感動の色を浮かべざるを得ず
自身の深淵に響き渡るのだった

2018.9.17 明け方 深圳

早朝ランナー

夜明けは　暗闇の繭を突き破る早朝ランナーに報奨を与える
彼らの赤字を出す足取りが　橋の足枷を爆破するのを恭しく祈る
父の　紛失してしまっている太陽が
空からやって来て
片頭痛の世界を先頭に立って介抱している

夜はまた一回重なり
立ち上がったことのある舌の　沈黙を指し示し
未来に御機嫌伺いの　焼けるように熱い発言を封印している
願いは貴重な宝物だ

唯一つ　今日充分に引き絞った弓矢の目が見守っている

2018.9.12 夜明け

オオタカの嵐の目

オオタカの嵐の目は
宣誓するクラスター爆弾であり
光の速度で
私の世界を胴切りにし
私の漂泊する孤島を
虫歯の空の至る所の海水へ放出し
私の抜き身を助け
私の驕りと裏切りを処罰する

癲癇病者をテラスで平穏にしてやりたいという願いは

フイになってしまったが
その願いは自分から分裂し
鋼鉄が無理やり合成した皮袋を剝いで開け
心臓を隠しもつドリル刃を掘り出して
証拠の示しようのない犯罪現場へ飛んでゆく

埋葬の叶わない魂を丁重に埋葬し
岩石が刻んで記録した影を縫い合わせ
呪文の灯台を打ち砕き
感電療法の痙攣のうちに
思想神経の安定した落ち着きを回復する

それは白日夢
砂を盛った盆の地形模型
それは以前と変わらず　太古の化石魚の額にあり
見下ろされ

取り調べられ
最も高い峰へ持ち上げられる

2018.9.15 深圳の住居

岐路

1

私の生命は　私の銀行のなかでは巨額の財産だが
首切り役人の刃のもとでは　腐乱した馬肉だ
情婦の豊満な肉体に這い上がる手品師歴史学者のすすり泣きと
辛うじて交換することができるのだ
そいつは人の頭のニラ、無味乾燥な数字の連なりを意に介しない
だが自らを悲しむのに　威風堂々の騎士がスズメバチの巣に
鞭の跡たっぷりのミミズ腫れを与える　というような方法はない

2

触れてはならないところに話が及び　私たちは心ゆくまで大笑した
車内にはまだ五個のモニターカメラがあるのを　すっかり忘れていた
「銃殺一万回ものだぞ」
だが　彼は言葉を長く引き伸ばし　おどけた顔になり
原人の実直さをそこに現した
「起爆装置は外してあるよ」

3

いまは Yes と言えるだけで　とても No と言えない
五分前にしたことを既に覚えていないのだ
自分で自分を斬首に引っ張り出し
太陽侮蔑の咎で　罰を言い渡してしまうのが怖い

4

出掛けにコインで運命を占うが
少ししたら波の峰に跳び上がり
暫くしたら躓いて谷底に落ちる
そんなふうに　自分を壮麗な海そのものだと感じている

5

家の歴史を　現世の栄誉と釣り合うように
書き換えようと　しばしば思う
だが亡き父は必死になって押しとどめる
もしおまえがどうしても　そのようにビクビク胆が据わらないのなら
祖先の功労による特権は得られないと言う

6

「真実の世界とは何か」
まさか私を安心させる悪夢はガードレールではあるまい

7

彼はそのたびに声の調子を
ガラガラ声を引き裂くところまで　引き上げてゆく

「私の愛妻は　肉体を求めてもよいのだが
存在感を喪失したらもうその限りではない」
さらに長い道のりが　君の行くのを待っている
必ず体験する死は　そちらに引き受けてもらおう

8

「燕雀安んぞ鴻鵠の志を知らんや*」
老臣は突如屋根をひっくり返し
皇帝の新たな装いを明るく照らし出すのだ
色鮮やかな刺青入りの翼は
羽ごとに剣の光がきらめき

まるで世界が再び始まるかのようだ

9

人頭の魚雷が横一文字に展開している
虎視眈々と出航をうかがう巡洋艦
「我慢」
私たちに唯一つできること

10

彼女の核となる競争力は優しさだ
高々と上げた頭が上がらないようにする
だが彼の特技は
暗黒のチョコレートを放り込んで
死に瀕する唇の飢餓を防ぎ止めるところにある

11

死に神は最も勤勉な清掃人だ
その籠には拾い切れない花が常に入っている
何を持参して彼女を労ったらいいのだろう
彼女の仕事にもっともっと光栄あれ

12

古風な敬意の気持ちを救おうにも救えず
その生気だけが救えるとき
私の千里眼にスイッチが入り
身体が向きを変え
雨を降らすのが見える
裸体は花になり
世界を粉砕せよと
叫ぶ

私に癲癇の発作が起こったが

このとき彼らは私のことを「妖」とは呼ばず
「神」と称して尊んだ

13

身近な親族が亡くなるたびに
私は繰り返し霊魂の学を修めることができる
その体温　口ぶり　息づかい　声そして味覚を研究する
ちょうど新しい恋人を可愛がるように

14

離れるものは間違いなく離れる
再会を期すものは　必ずしも再会できるとは限らない
だから「また会いましょう」というような嘘は
逆に　塗ったばかりの宣誓よりも信じられそうな感じがする

15

落下傘は日々より低い空へ私を連れてゆく
それを支える道標は
唯一つ――明日

16

熱愛中の恋人同士は
相手の身体と記憶とを　すぐにでも独り占めにしたいと思う
消えない痕跡を刻んで残し
侵犯の証拠を残したいと思う
この種の誘拐は　思想警察による後日の事件解決に
充分な手掛かりを提供する

17

魚の口　羊の口　驢馬の口
子宮の口　ヨット型キーと大空の口
どれも飲食と賛歌に使う

駱駝の祭司　象の尻
高射砲　救急車の尻は
どれも前線に送られて忠誠心を試される
出口がなく身体のない内臓が残り
私に希望を吹奏させる
私はまるで　そいつの物売りをするお粗末な終生の僕であるかのようだ

18

「魂の工程師《エンジニア》」を私は次のように解釈する
それは必ず柔らかな心臓をもっていて
マジックハンド　歯車　潤滑油　バルブ　設計図　コンピューター　蛍光棒および白日夢を見がちな太股から成る調和のとれた身体を
支えているのでなければならない
そうでなければ一旦どれかのパーツの調子が狂う
又は間違い信号を発したなら
きっと怪獣のように

縦横無尽に突進して
人類に危害を加えるだろうから

19

美容院はどのように建てられるか？
激しい炎が自分自身を燃やして影にして
太陽の顔に塗り付け
人に会えば早速
それが美容の効果だと言う
聞けば将軍も常にこのやり方で徴収し
国庫の寒々しいポケットに納めるのだと言う

20

顕微鏡下のバクテリアが
私の卑劣な琴線をかき鳴らすのは許せるが
何故私は首を伸ばせないのか

天の果てから客が来て
宇宙の大合唱を響かせるのが遥かに望めるというのに

＊「燕雀安んぞ鴻鵠の志を知らんや」＝『史記・陳渉世家』。燕や雀のような小さい鳥に、どうして鴻や鵠のような大きい鳥の志が分かるだろう。分かるものか。

海上のピアニスト

それは　ピアニストの手　海上をやって来た
その白手袋は
牧羊犬の波と月の猫を愛していた

言い伝えによれば　彼が落ち着きをもたらすその勢いは
雲の帳の向こうで繰り返し入れ替わる悲喜劇に由来する
嵐の夜　彼は小さな目を細めて
狭い湾　女の移ろい易い心を慰めることができた

鳥が姿を消すのはまったく一時的なもの

ハレーションに取り囲まれた空に溺れるようなものだ
立ったまま眠る太陽のメイクが　為すままに任せるのだ
彼の多毛の声は　ストーリーに対する軽蔑を全然おおい隠さない
みぞおちが咳をして出す獅子は
まるで虫眼鏡を拭いて戒める藻類のように
静まり返り
君たちに渡された手枷足枷は
俗世の肉体たる君たちには相応しくない

私は彼を問い詰めたいのだった
誰に権利があるというのか
享受の時間たる新婚初夜に
いつまでも時計の振り子を弄ぶなんて
いつまでも鳴り止まない拍手の音に
引き続き渦巻と協力して錨の激情を運ばせるなんて

彼は舌を出して自嘲した
帆柱が育んだ休止符のことが分かっているようだった
稲妻の押し切りが落ちるより前に　すっかり譜面にしていた
剝がれ落ちた爪は
未だ見ぬピアニストの　神気の一閃を待つのみだった

私たちは彼の罠にはまり込んだのだった

2016.8.2 広東の激しい雷鳴の夜に書く

祖父の地図

祖父は宇宙地図を描いたのだった
花に残った　形に成らない引っ掻き傷の集まり
捻じ曲がる叫びの炎
波が高々と盛り上がるアンテナの共同墓地
だが彼は草稿を差し出していなかった
それらを携えて骨甕に入ってしまった
祖父は口をつぐむ前は
絶えず枯れ枝の目を揺らし　占星術師のように
私に天体現象を観察するよう意思表示をした
その時万里に雲なく　折しも驢馬は盛んに鳴き

神の寵児はしきりにプロペラを扇動して
口紅白粉に塗り込められた盛り場へ駆けつけた
高射砲によってあぶりだされるとは誰も思い付かなかったのだ
恥辱の柱に釘打ちされ
高鳴るラッパの囲いの中で　うなだれて罪を認めるなどとは
私は害虫です　私たちは害虫です
祖父は本当に牛の人だったよ　物思いの入り混じる黄昏に
乳搾りの心地よさに浸りながら
蟻を踏むことはなく　交尾することもなく
たかって来る夏の蠅に尻尾で抵抗することさえせず
ただ草を食べただけ
木の葉を持ちあげ　木陰を求めただけ
彼は雪が山を下りてくる前に　情勢はそれほど酷くはないと
一人つぶやくことができた　私に彼の柔軟さはない
たとえ歯を抜く時に「痛っ!」という呻きが許される今日でも
相変わらず掌の筋を伸ばして春の光を漏らすことができない

私生児の隠語を用い　手振りを使って
未来の道を探る盲導犬に示すことができるだけだ
ここに人は見当たらないよ　少しも人間の匂いがしないよ

2016.10.15 広州

暗い夜の突っ支い棒

1

影は
一つ一つ
包帯を剝がされ
癒えつつある真新しい肉を晒している

成型しただけの陶土のような　そんな夜明けを
そこにぶつけてはならない
硬直した死体の間で　土から芽を出す半玉のするように

空の正午を高く掲げさせ
濃い藍色にして震えさせるのだ

2

月光の血の中で
手を洗い
何事もなかったかのように立ち去る

ひび割れ状態で
補い繕う麗人の病は
人事不省になるほどに蒼ざめる

3

赤い布が
君の目から
私の唇に流れ込んで

一秒にもならない
それを摘出して
首から離し移すと
太陽は言う　私の頭を切り落としてこそ

2016.11.29

終末の日の大喜び

終末の日の最後の突っ支い棒は
零時ピッタリに　取り壊して撤去しなければならなかった
そのために　彼は一年という時間をかけて
爆破の練習をしたが
何度試みてもすっきりせず
足取りはいよいよ重くなった
彼の心は　お祝いの打ち上げ花火を
取り囲んで飛ぶ石、鋏、布だった
だが臨終の一秒は
不注意のくしゃみ一つで遮られ

政権交代は延期になってしまった
彼は地下牢に放り込まれ
悪辣な集団だと自供させられ
九族に銃剣がぶら下がったのだった
歯車を滑らかにしようと
彼は夢のなかの鳥獣に　地球を三周させ
月光の往来するピストン運動を食い止め
百万婦女の快楽を閉ざしてしまった

「世界は奇妙だが、幸いにも荒唐無稽の仮説が
土台になり、高く観覧席が築かれ
何時までも鳴り止まない拍手を勝ち取っている」
歴史学者の一人は　このように言っていた

空中の釘

以前　彼女は比類なく濃い藍色だったから
思いっ切り愛してくれと
白い翼を
煽る必要はなかった

今　私は釘を打ち込まなければならない
空中から
一本一本彼女を縛り
彼女が仰ぐのを括り付けにするのだ

煙突には炭素がたっぷり積もり溜まり
搔爬をくりかえす滑り台で
金色の嬰児の尻尾が
ブランコを漕いでいる

その呼吸が羽毛をしっかり支えさえすれば
私は彼女を天使と呼ぶ

2017.1.8 福州

撤退

春に樹木の骨を鋸引きすれば
夜をつかんで　ギーゴーギーゴー鳴り響き
盛りの猫が叫び
そうして欠伸をするように
白昼に胡椒の粉をまいた爪痕に
倦怠の影がどっと流れる

放たれた矢に似て
春は急いで戻ってこようとする

弓を引き絞るなら　君は撤退を願ってよいのだ
風を突き倒し
薄膜の空で
根を一層また一層と削り取って
土のなかへ退いてゆくのだ

2017.4.8 広州

黙《もだ》す緑草

大劇場のような教室
ホラー劇の上演
色鮮やかな飾りの告天子《ひばり》が
丸屋根で　先を争うように斬首される

もう戻れない
戻る必要もない
嘴黙す緑草
青い谷川は炎と氷雪を　とろ火で煮込む

野の蜂は群れを成して舞い飛び
パイプオルガンの紫色のジャングルは
巫女と道化役者のボタンを外し
乳をポタポタ垂らして天国となす

カーテンコールをする人は　すでに姿を消したが
三度深々とお辞儀をして
身をかがめて灯火を消すのを忘れ
立ちはだかって　一切を遮るガラスカバーの
内にある人形は　陽の光を喜ばせている

アンカラから来た

飛行機は魚雷のように空の階段を
舞い降りた
ほとんど障害物に出会うこともなく
波にキスした後
赤珊瑚のなかで柔らかだった

航空機事故を分析することは　恐怖に襲撃されることだ
その最初の運命の変更は
ブラックボックスに――
私はアンカラから来た

あなたが願ったように　アラーよ
まだ大地から待ち伏せ捕獲されていない信号
それから——
春はいきなりやって来て
川の流れの不眠の寝室を切開した

2017.4.18 広州

最後の書

最後の書が　新しい『聖書』になるだろう
一台のバスが　過去を残らず連れてゆくように
一晩のうちに図書館、学校、教会、地下道、皇居、大劇場、哲学の苦境、墓地、認識論
洞窟とフロイトの性欲爆弾が掘り返されて
建造者と設計者が死んでゆくように

2019.4.13 深圳寓居

*

朱濤という鴉と、その穴から出た魂との対話

叙述の便のため、肉体の鴉を「問」と略称し、魂の鴉を「答」と総称する。

問：もしまた肉体へ帰るとしたら、一番したいと思うことは何だろう？

答：大いに満腹し、美食を堪能すること。そうしてこよなく愛する女性を抱いて、烈火のなかに死んでゆくこと。そうして、等々等々等々……

問：君が穴から出た、そもそもの動機は何だろう？

答：万物は子孫繁栄、世々代々を願う。けれどもこれはまさしく天の最初の設計に背くもので、その礎の繁栄も頃合いのよいところで中断する。妥協のもたらす結果は、自らを

慰撫する虚構世界の想像ということになる。ゲームは三段階に分かれる。初級は相思相愛、子孫繁栄である。中級は文学芸術の愛好である。上級は天への帰依となる。

問：君には宗教への信仰があるのだろうか？

答：とりあえずなし。私は組織を持つあらゆる宗教と教条が嫌いだ。集団による似たり寄ったりの寝言の祈りに、花が咲かせられるなどと信じない。信仰は必ず内心に打ち寄せる大波の種が孕むものだ。

問：私は、どの鳥にも空に足を踏み入れ空を飾る権利があり、独自の鳴き声を用いることを認めよう。だがどうしてこれまで、君が虹を用いて、失明した眼を慰撫するのを見たことがないのだろう。しかも君は、長々と続いて絶えない、黒い死の警笛と呪詛を発するばかりだった。

答：慰撫?!「空に必要であるか？　海に必要であるか？　地に必要であるか？」。自信とは何か？　それは、おまえがどんな風火雷電、あらゆる呪詛、罵り、威嚇、脅しを発しようとも、私が高くそびえて動かないということだ。まして、死こそは自然のハーモニーなのであり、生命の最強音であり、生活のノーマルであり、時々刻々直面せざるを得ない、壊して撤去しようのない爆弾なのだ。太陽は毎日昇ってくるが、終にはある日もう目覚めず、死によって担架に乗せられてゆく。私の座右の銘は、今日を終末の日だと思って過ごすことだ。こうすれば生命が貴重なものと楽しみに満ちていると、身を以て知ることができる。一日一日が好きになるさ。

問：君の世界観はどういう時に形成されたのだろう？　読書によってだろうか？　立居振舞によってだろうか？　自覚によってだろうか？

答：立ち位置はすでに与えられている。だが読書や立居振舞なら、その体質や体力を増強することができる。免疫力を高められる。古人は「万巻の書を読み、万里の道を行く」と言ったが、「好」の一字を付け加えるべきだ。「万巻の好きな書を読み、万里の好きな道を行く」のだ。「好」は選択を意味している。現代の変幻は測り難く、現代人には余りにも誘惑が多く、それゆえ時間の余裕がなくて消耗させられている。「逝くものは斯くの如きか」（論語子罕篇）。八〇年代は現在の素晴らしい規格となっている。私の一生の基礎は、あの時に築かれたと何の誇張もなしに言える。もちろん生きている限り学び続けなければならず、それは死ぬまで終わることはないけれども。

問：君に大きな影響を与えた作家・詩人およびその作品について話してもらえないだろうか？

答：私の読書は乱読だが、哲学、歴史を読むのが好きで、とりわけ私人の書いた野史を愛好する。小説はあまり読まない。勿論それでも好みの作家はいるけれども、大抵はひどくいい加減な読みだ。例えばドストエフスキー、カフカ、ジョイス、マルケス、カルヴィーノ等。詩人のなかで最も好きな詩人はツェラン、マンデリシュターム、ロルカ、バレフォ[*1]だ。

彼らはおそらく私の性情と比較的親和性がある。文学はつまるところ自分で自分の傷を治す手段だ。魂の伝記であり、自分で自分を慰める丸薬だ。先ずは自分の歓心を得なければならず、そうでなければ持続は難しい。知己がいれば素晴らしいのは勿論で、とても申し分ない。だから私は常々言っている。私のこの年齢になれば、自身と真の友だけのために書けばもうそれで充分だ。他の人が読んで分かろうが分かるまいが、私には関係のないことだ。ましてや詩は必ず読んで分からなければならないのだろうか？　それは風に飛ぶ柳の綿、一片の雪、一面の白い葦でしかなく、世界を驚かすものではない。

問：君はこの数年、年ごとに百余りの詩を書き、詩集として出版している。その爆発力はどこから生まれるのだろう？

答：それは秘密だ。私の以前の創作は霊感という女神の降臨を静かに待つものであり、そんなわけで、八〇年代全体でわずかに百篇余りの詩を書いただけだった。現在私は彼女に頼ることはなく、思惟する方式に頼り、一語、一話、一動作、一音声のどれもが私を飛翔させられる。文字と文字、文字の集まりと文字の集まり、文と文の自己構成を通して最終の詩篇を生成する。私が詩作をするときは主題を持たず、最後まで書いてやっと何を書いたのか分かるのだ。際限がないから、楽しみに果てしがない。現世の疲弊から逃避したのだ。

問：君は書けない時があるのだろうか？

答：どの段階にも必ずあって、自分の才能が疑わしくなる。だがそれは自ら変化し自ら突破しようとするところから来ている。私は現状に満足しない人間だ。典型的な理想主義者であり、潔癖なところがある。

問：大詩人と優秀な詩人との区分は何によるのだろう？

答：先ずは立ち位置だ。大詩人は必ず人類の大いなる心情を抱いているものだ。地域・国家・種族を分け隔てることなく、必ず世界の公民でなければならない。
次に、質量のバランスのとれた多くの極上の作品が支えている必要がある。
第三、それらの特徴は全く異なっていても、自分独特の美学趣味と品格に貫かれている。
第四、自身が構築した詩歌理論と体系がある。
最後に、大詩人は純真な心を抱き、子供の無邪気さを持たなければならない。所謂「万里を帰って来たけれども元通りの少年*」がそれだ。

問：なるほど、魂が穴を出るというのはこんなにも霊妙なのだ。私をいっしょに連れていってくれないだろうか？

答：願いがある限り、何時でも待っている。

2017.10.13 深圳の自宅で草稿を書き終える

＊1　バレフォ＝サンサール・バレフォ。一八九二年〜一九三八年。ペルーの詩人。
＊2　「万里を帰ってきたけれども元通りの少年」＝たとえ長く苦しい旅路を経てきたとしても、帰った時、まだ少年の純真と初心を保っている。

訳者付記

本書は、朱濤の詩集『半輪の太陽』(二〇一六年、長江文芸出版社)と『ますます出鱈目いよいよ駆け回る』(二〇一七年、江蘇鳳凰文芸出版社)、そして新作を中心に新しく編まれた『朱濤短詩選』から作品を選んで訳出している。最後に、『ますます出鱈目いよいよ駆け回る』の、後記の代わりとして載せられた問答を付した。朱濤詩理解の参考になればと思う。

朱濤　チュー・タオ

一九六〇年代、浙江省舟山生まれ。八〇年代に文学創作を開始し、作品を不定期に「人民文学」、「詩刊」、「中国作家」等の刊行物に発表したが、後に文学を放棄、ビジネスに身を投じた。二〇〇八年文学創作に復帰した。詩集に『舌上に立つ』、『半輪の太陽』、『ますます出鱈目いよいよ駆け回る』がある。

竹内 新　たけうち・しん

一九四七年、愛知県蒲郡市生まれ。名古屋大学文学部中国文学科卒。愛知県立高校国語科教員を定年退職。その間の二年間、中国吉林大学外文系文教専家（日本語）。詩集『歳月』、『樹木接近』、『果実集』（第五十五回中日詩賞）。『二人の合言葉』。訳詩集『文革記憶』（駱英）、『西川詩選』など多数。

半輪《はんりん》の太陽《たいよう》

著者
朱《チュー》　濤《タオ》

訳者
竹内《たけうち》　新《しん》

発行者
小田啓之

発行所
株式会社　思潮社
〒一六二―〇八四二　東京都新宿区市谷砂土原町三―十五
電話〇三（五八〇五）七五〇一（営業）
　〇三（三二六七）八一四一（編集）

印刷・製本
三報社印刷株式会社

発行日
二〇二四年十月三十一日